TRECHOS TECIDOS COM

Palavras...
Sentimentos...
Afins...
Sem Fim...

Renata Carone Sborgia

TRECHOS TECIDOS COM

Palavras...
Sentimentos...
Afins...
Sem Fim...

MADRAS®

© 2014, Madras Editora Ltda.

Editor:
Wagner Veneziani Costa

Produção e Capa:
Equipe Técnica Madras

Revisão:
Ana Paula Luccisaro
Margarida Ap. Gouvêa de Santana

Dados Internacionais de Catalogação na Publicação (CIP)
(Câmara Brasileira do Livro, SP, Brasil)

Sborgia, Renata Carone
Trechos tecidos com palavras – sentimentos – afins – sem fim/Renata Carone Sborgia. –
São Paulo: Madras, 2014.

ISBN 978-85-370-0927-7

1. Literatura brasileira I. Título.

14-07228   CDD-869.9

Índices para catálogo sistemático:
1. Literatura brasileira 869.9

É proibida a reprodução total ou parcial desta obra, de qualquer forma ou por qualquer meio eletrônico, mecânico, inclusive por meio de processos xerográficos, incluindo ainda o uso da internet, sem a permissão expressa da Madras Editora, na pessoa de seu editor (Lei nº 9.610, de 19.2.98).

Todos os direitos desta edição reservados pela

MADRAS EDITORA LTDA.
Rua Paulo Gonçalves, 88 – Santana
CEP: 02403-020 – São Paulo/SP
Caixa Postal: 12183 – CEP: 02013-970
Tel.: (11) 2281-5555 – Fax: (11) 2959-3090
www.madras.com.br

Apresentação

Para mim, as palavras são as vozes da minha alma.

No meu arbítrio, neste momento, solta da norma culta para não interferir no ingrediente principal, o sentir, escrevo expressando, bailando pela minha imaginação trechos.

E assim, as palavras vão se encaixando e criando vida num papel. Solto-as para voarem... Emoções precisam de horizontes...

Oferto trechos que se desnudam, revelando o meu sentir intimista tecido nos trechos... com palavras... com sentimentos... afins... sem fim, para vocês, queridos leitores!!!

A autora

Agradecimentos

Agradeço a Deus, meu sustentáculo de vida.

Agradeço a minha família, aos amigos, mestres, alunos e leitores pelo incentivo, respeito e afeto com o meu trabalho.

... e a cada dia que levanto curvo-me frente a Deus. Agradeço-o. Renovo meu contrato de vida.

Renata Carone Sborgia

Qualificação

Renata Carone Sborgia nasceu em Ribeirão Preto, São Paulo. É bacharela em Direito pela Universidade de Ribeirão Preto, além de ser formada em Letras pela União das Faculdades Barão de Mauá (Uni-Mauá). Mestra em Psicologia pela Universidade de São Paulo (USP), Doutoranda em Psicologia e Educação pela Universidade de Harvard, Especialista em Língua Portuguesa e Especialista em Direito Público, com ênfase em Direito Constitucional. Pós-graduada pela PUC/SP e FGV/RJ em Direitos Humanos – Teoria e Prática –, com MBA em

Direito e Gestão Educacional pela Universidade de Ribeirão Preto. Membro imortal da Academia de Educação (ARE). Atua como docente, educadora, escritora, pesquisadora (USP), consultora/assessora de português e oratória. É colunista e autora em vários jornais e revistas impressas e virtuais, bem como professora de português, inglês, literatura e redação na rede particular de ensino, junto a alunos do ensino fundamental, do ensino médio, de cursinhos pré-vestibulares e de faculdade. Prepara alunos para concursos públicos. Participou (e participa) em mais de 30 antologias com crônicas e poemas. É autora de vários livros com temas ligados à educação, tabagismo, enxaqueca, literatura e língua portuguesa, como *Português sem Segredos, Português s/Cem Dúvidas* e *Português: Falar Bem e s/Cem Problemas* (todos em coautoria), *Responsabilidade Acadêmica do Gestor Educacional* (todos pela Madras Editora), dentre outros.

Participou com três livros ligados às áreas de educação, tabagismo e literatura no Salão de Genebra/Suíça/2014, dentre eles, *A Responsabilidade Acadêmica do Gestor Educacional* (Madras Editora).

... e foi na curva que a reta entortou-se para o encaixe. E encaixados ouviam-se suspiros em espiral. Amávamos de forma tortuosa e sinuosa... amávamos numa geometria somente compreendida por nós. Éramos o avesso encaixados.

... no final fazemos o balanço: de tudo fica um pouco. Fica um pouco das palavras, do silêncio, das rugas no rosto, do aroma, do riso, do choro, da saudade, do amor que se foi... do toque na alma. Fechemos a cortina do dia com um pouco de algo que conseguiu nos tocar de alguma forma. E que esse pouco possa ser muito para o nosso coração. E assim possamos abrir a cada dia um outro dia... de pouco em pouco.

... e a noite vem sim... silenciosamente, tocando aqueles corações que estão mais atentos para o cenário onde a Lua na espreita enamora uma estrela... onde o dia traz o Sol mirando com um raio corações.

... é, meu amor, aprenda a me ler, ok??? A história está no arrepio e à flor da pele.

... tem dias em que queremos ir... andar... procurar o sorriso para não chorar. Tem dias, meu querido, em que sou fatal no amor pudico. Se alguém perguntar por nós??? Diga que voltaremos um dia qualquer... depois de muito amar, querer e desejar.

... do que eu preciso??? De mim.

... venha cá, meu querido, passe seu endereço para a minha rua encostar na sua.

... somos apresentados à vida, e juntos trazemos vários frascos de tintas e o pincel. Está aí a oportunidade de usarmos bem as cores para os nossos dias... e para as nossas noites. Saibamos, sim, deixar mais suave a paisagem da vida.

... não basta me completar, querido. Tem que transbordar.

... no final, acredito que preparamos uma dinâmica entre nós: sonhos, noite e um aconchego. No final precisamos nos encolher, deixar a meia-luz para iluminarmos os desejos que nos rodopiam internamente. No final, queremos descansar sim do dia, porém com a expectativa de que a noite possa trazer o que precisamos. Sempre no final.

... ei, você, mulher que exala a dose certa de mulher e que tem a manha da sensualidade de um jeito sensual. Ei, você, mulher que tem garra, força, fé na vida para caminhar muitas vezes com a terra batida... e contínua. Ei, você, mulher que traz tatuado no corpo molhado o pecado e o sentido mais sentido de ser mulher, naturalmente, mulher. Ei, você, mulher que consegue ser várias em uma dose alucinógena e pura de mulher. Ei, você, que é o marketing e a propaganda da marca patenteada e mais sublime: MULHER. Ei, você, sentimento e razão ou razão e sentimento... compreendida ou não... não importa... o que vale é este mistério louco que embriaga o outro como mulher.

... e naquele silêncio entre corpos encaixados lançou a pergunta fatal: Qual o meu melhor sentimento??? O nu.

... não gosto de frases previsíveis. Não sei escrever previsibilidades. Eu sei é sentir. Gosto disto: surpresas que me sequestram e histórias com ingredientes picantes. Gosto do improvável para que o amor abrace o provável de forma ardente. Gosto de tudo sem ritmo para fazermos o nosso ritmo. Gosto disto: vontade que não passa, desejo que escorre em lábios. Gosto da audácia com vergonha. Gosto de dormir inquieta: com uma palavra sussurrada. Gosto de viajar na realidade pegando carona com o sonho. Sou assim: não perco desejos. E caminho nesta vida que vou construindo: um dia quando menos se espera a gente se supera sempre. É disto que gosto: do gosto gostoso do que me tira o fôlego. É isto: de você.

... sem pressa, meu amor. Os corações já se pousaram... se encaixaram.

... foi quando comecei. Comecei uma relação nova com a espera. Até então, a paciência estava de plantão. Aprendi a esperar um aceno de um olá, um sorriso espontâneo, um afeto, um amor para a minha carência não se frustrar. Aprendi que esperar sozinha não dói... traz sim uma satisfação... talvez, traga-me a expectativa de que tudo de que preciso possa acontecer e me preencher... foi quando aprendi a esperar. Sou a esperança que espera em uma vida necessidades básicas para me sentir cheia... cheia de amor. Espero com a esperança.

... viver me dá uma nostalgia. Às vezes, meu amigo, opto pela saudade... é mais seguro o sentimento porque posso aprisioná-lo em porta-retratos.

... nada à direita... nada à esquerda... nada ao fronte. Prefiro o nada nadando no tudo. Não quero os lados... também não quero a frente... Hoje, querido, eu quero o acima... Lá... bem acima é que tem o tudo... alçando voo no nada... nadando... e é lá que eu tenho a completude. Chega uma hora em que metades, laterais... o arranjado e o ajeitado na minha frente não me satisfazem mais... Preciso do acima... tem horizonte para os meus desejos. É lá.

... às vezes a vida não é suficiente para quem é inflamável. O que é suficiente??? Sentir com chamas. Então, querido, vá em frente e me queime.

... é na minha releitura que me vejo... compreendo a mim... o mundo. Vivo me lendo e relendo para entender os afetos e desafetos... o tudo que transborda em mim. Sou um livro legível, mas para poucos leitores... aqueles que sabem me ler pela alma... pelas sensações e inspirações. Preciso me sentir... sentindo-me, sinto-me viva... sinto cada capítulo da minha vida docemente, em especial, aquele do amor escondido nas entrelinhas do coração. Preste atenção no rodapé do meu livro: reverencio aquilo que me toca com elegância, meu querido.

... gosto de inícios de meses. Simpatizo com esses inícios... comparo-os com um livro novo... onde tenho a oportunidade da primeira página em branco. Sim... talvez o mais excitante, para mim, é isto: a oportunidade de uma primeira página em branco para eu escrever uma primeira história com cores.

... eu quase morri de saudade, meu amigo. O tempo não foi meu aliado, ao contrário, foi alargando as cicatrizes, abrindo este abismo dentro de mim... e quanto mais tempo foi passando, mais gente como a gente foi se despedindo de mim. Dói. Saudade dói. Machuca. Tento tomar pílulas diárias de ânimo com doses homeopáticas de conformismo... tento compreender o que a saudade me traz: incompreensão. Taí, meu amigo, a saudade me ensinou que gente se vai de alguma forma, de qualquer forma ou sem forma, e traz uma fôrma incômoda dentro de mim. Mas trato-a bem... tento ofertar a cada saudade um sentimento do bem.

... e quando me senti de verdade... dei conta desta turbulência interna ora serena ora explosiva... compreendi o que é ser feliz sem motivos.

... e finda um dia. Finda um dia num tempo dentro do relógio. Às vezes queremos segurá-lo para usá-lo mais... para gastá-lo mais... porém, não temos como mantê-lo sob o nosso controle. O tempo é livre e gratuitamente solto desde sempre... talvez esteja aí a aprendizagem: sejamos livres, gratuitamente, soltos... libertos para que em outros dias possamos nos deparar com surpresas e desejos que tanto queremos.

... o caminho é tortuoso sim... ledo engano de quem pensa que é horizontal... não. Temos de ser assim porque quando conseguimos – e conseguimos sim – dirigir nesta sinuosa vida tortuosa... ficamos mais fortes. É paradoxal??? Sim. Temos de andar descalços em alguns momentos para sentirmos a terra batida... dói... mas quando sentimos que podemos andar com pés desnudados... nos sentimos vivazes. Não somos elaborados para superficialidades... somos construídos para as densidades... raízes... e precisamos verificar isto: sempre superamos sim.

... viver dói. Às vezes é uma dor gostosa??? Sim... porque a mesma dor que pulsa, lateja, machuca tem um lado interessante: deixa-me saber bem que estou viva.

... rupture com a burocratização em sua vida, meu amigo. Encontre seus sentimentos desaparecidos. Tire da gaveta suas teses de vida. Ponha-as em prática. Troque mais: sorrisos, gentilezas, carícias, afeto... Troque. Doe. Se sobra vai guardar por quê??? Não deixe você chegar naquele momento do limite para se dar conta disto: a vida não é tão doce assim... levantamos e temos que enfrentá-la... é o tal do enfrentamento diário, porém temos material interno vasto para tal feito. Enfrentemo-la da melhor forma... porque o sabido é sentenciado... morremos com o entardecer todos os dias... e que todos os dias ao partir neste final procuremos antes um partir bonito.

... tem dias que a alma clama um horizonte interno livre de tudo. Tem dias que o grito interior é direcionado para a liberdade.

... dei o primeiro passo certo, correto e firme no primeiro lanço de uma escada. Atrás do passo deixei os pudores... agora sem volta. Decidida. Quando decidimos amar de forma nua o amor há de se ter o primeiro passo certo, correto e firme... Subi a escada segurando no corrimão da vontade o desejo de ser eu no outro. Dei o primeiro passo compassado.

... existem lugares em que a gente se encontra... existem lugares em que a gente encontra gente como gente... existem lugares em que a gente encontra o que não esperava encontrar também... existem lugares em que a gente encontra e sente... estão nesses lugares onde me emociono todas as vezes que vou lá me encontrar.

... liberto-me. As asas estão crescendo. Só eu as vejo, mais ninguém. O privilégio é todo meu. Liberto-me para mergulhar na utopia da felicidade eterna. Alço meu primeiro voo.

... não temos fórmulas. Fizemos uma mistura entre o nosso amor e a chamamos de química. Somos sem fôlego. Iniciamos nosso amor acendendo a labareda. Testamos reações... e as nossas bocas dizem o que é amar. É, meu querido, no escuro que os nossos corpos queimam. Apague a luz, por favor.

... às vezes, meu amigo, é vital encolher-se. Não pense que o silêncio e a solidão são contraindicados. Às vezes, esta pausa não blinda de esvairmos de tantos olhares mais acurados... não blinda de estarmos ou ficarmos estéreis em momentos densos na vida. Não, meu amigo. Às vezes encolhemos para depois esticarmos. Esticamos mais a forma, o coração... os sentimentos. Encolhemos, às vezes, para transbordarmos depois o que nos fortalece para a vida. Tente aí, amigo.

... acredito que sou elástica nesta vida. Precisei aprender com um elástico??? A decepção pode diminuir o tamanho, volume e quantidade de um amor. A saudade pode aumentar o tamanho do mesmo amor. A saudade pode fazer múltiplos "eus"... uma pluralidade de mim. O que pode uma saudade causar é infinitamente indescritível: posso encolher... posso esticar. Optei pela elasticidade, meu amigo, pois não é fácil conviver com ações e reações... com expectativas e frustrações.

... fui cordial com o amor, talvez a melhor parte de mim. Aprendi que ser generosa e afável com meu sentimento, é tão ou mais excitante como a elegância de um pois toque que arrepia a alma.

... deixo meu afeto com calor. Gosto da quentura... é um estado vivaz para mim. Deixo aqui o desejo de um dia que se fecha com cortinas abrilhantadas para reverenciar o outro que chega... talvez com aqueles desejos que tanto queremos. Há de se ter um outro dia... para outras oportunidades... outras folhas em branco para novas histórias instigantes... interessantes. Há de se ter sim.

... abençoe-me mesmo no momento mais súbito... o da loucura pura sem a razão: às vezes o amor nos tira para dançar sem nos dar tempo de recusar o convite.

... insista e persista na felicidade, meu querido. Tem loucuras que a gente só faz com maturidade: entre nós e a sós.

... às vezes precisamos encolher... ficarmos mais íntimos conosco para ouvir a voz interna explicar o que se há para tal... e depois sim expandimos... sempre que compreendemos algo que nos deixa engessados de alguma forma há uma movimentação... encolhemos para expandirmos... e compreendemos... e entendemos este tal da vida.

... meu amigo, não adianta lamuriar. Se tu queres renovar um novo contrato na rota da tua caminhada para mudar o que te incomoda... não fugirás do oficial de justiça batendo na sua consciência com a fatídica pergunta: O que você tem feito com sua vida???

... às vezes a vida não é suficiente para quem é inflamável. O que é suficiente??? Sentir com chamas. Então, querido, vá em frente e sinta.

... meu amigo, não sabe mais qual é o valor de um simples carinho??? Experimente ficar sozinho.

... e tem que ser talvez assim: o dia sai devagar... numa elegância iluminada... e vem com sua imponência a noite... chega assim, pois traz segredos... algumas noites são melhores para os nossos segredos... desejos... temos somente a Lua e as estrelas nos observando... e o silêncio silenciando aquilo que queremos a sós... para nós.

... estava no canto da sala. Poeira nas palavras. Silenciosamente... inventava expressões, criava palavras amorosamente. Estava lá... esperava as batidas suaves nas teclas para tecer uma carta de amor. Silenciosamente... sempre. A máquina de escrever aguardava seu remetente??? Não... um destinatário.

... e a vida é assim??? Estou tentando caminhar... tarefa das não mais fáceis hoje. A estrada é longa para pés sentidos a cada passo realizado. Realizei passos... Caminhando eu vou e procurando estou... uma flor que se escondeu de mim. Por quê??? Num jardim da vida, tentando encontrá-la. Sinto na base do passo algo. Paro. É uma semente que está desabrochando num jardim recheado de flores.

... são as coisinhas simples que me ofertam uma alegria para viver: amaciar a vida com o riso, convidar o coração para amar, chamar a alma para brincar. São essas coisinhas pequeninas, porém imensas, que eu vou bordando com fios de luz, esperança, fé e desejo no tecido áspero do cotidiano, meu amigo.

... e se for possível que seja a Lua para ser contemplada e enamorada. E se for possível que o coração saiba temperar os ingredientes para o amor. E se for possível que a vida nos abrace com mais generosidade. E se for possível que a reflexão venha de mansinho para sermos mais com o próximo. E se for possível... que eu possa ser mais possível comigo mesma e com meus sentimentos guardados e retraídos pela vida. Que seja possível se for possível.

... e assim carrego o peso de uma vida nas costas: uma lágrima. O andar não é mais o mesmo. Arrastado... Porém, sinto-me bem ainda porque me sinto no meu momento: o agora. Tenho uma vida inteira pela frente com meus 80 anos: sonhos, projetos e, nos desencontros, encontros amorosos para acontecer. À mesa??? Sente-se. Estou aqui olhando algumas cadeiras vazias...
Não sei o porquê. Recuso-me a saber. Não diga nada. O silêncio me narrou a história na totalidade um certo dia melancolicamente.
Consigo amar ainda... Consigo rir ainda... Consigo gargalhar ainda... O andar não é mais o mesmo. Arrastado. Tenho uma vida inteira pela frente. Não quero congelar a eterna adolescência. Quem disse ser a melhor fase de uma vida farta de fases??? Por que dizem sempre que com anos à frente "temos a cabeça de 20 anos"??? Nunca temos o nosso tempo, então???
Não, tempo. Mesmo sendo meu eterno vilão, não me oferte a falsa jovialidade de um ado-

lescente. Caso faça isso, explique-me: por que nascemos para morrer??? Acredito ainda no meu devaneio... Tenho uma vida inteira pela frente. Não me atrapalhe. O porquê??? Porque não tenho anos, tenho uma eterna alma.

... posso te convidar para sair com o seu sorriso hoje??? Deixe que eu pago a conta, amigo!!!

... e assim vivo ameaçada. Ferozmente, uma paixão me ameaça sempre. Sinto-me viva desta forma estranha. Talvez porque começo a respirar de outro jeito... é algo que arrebenta. Entregar-me ao risco me excita. Gosto de perder o rumo, ficar desorientada... porque no fundo a paixão é isto: um prazer sem explicação... é a desordem interna que me alivia... que não se aguenta e me atenta e me arrebenta.

... e pensativa estou com o calendário onde escorrem os dias de forma perversa e ironicamente. Traz dias em que reivindicamos a fração do segundo... mais horas para passar no tapete vermelho a tal felicidade utópica ou a tal saudade que dói em mim. O coração acelera e a arritmia é para poucos... O que é controlar um sentimento que me descontrola??? Não me ensine, por favor. Mas traga, amigo, dias em que reivindicamos a fração do segundo, a eternidade de uma presença, o sentimento escondido no coração. Por que nascemos para morrer??? E por que não estamos preparados para esta tal saudade??? E por que dói??? Traga-me o remédio: o lenço, por favor. As lágrimas estão pesadas. Restaram-me porta-retratos??? Restaram-me lembranças??? À mesa, verifico que retiraram lugares... sinto no vazio um vácuo... Tenho 90 anos de alma. Estou sentada na cadeira de balanço. Talvez balançando a vida.

... e muitas vezes esquecemos de nós. Gostamos de cuidar do próximo, porém precisamos de cuidados também e nos esquecemos disso. Esquecemos de ofertar uma pausa para limpar e organizar a casa interna com um bom diálogo que pode ser um caminho interessante. Esquecemos de fazer um balanço dos nossos passos, pois podemos melhorar a caminhada pela vida. Esquecemos do fato de que estar sozinhos pode ser uma companhia amabilíssima, e podemos descobrir tesouros que estavam na espreita do baú dos sentimentos. Esquecemos que os sentimentos precisam ser revistos também. E esquecemos... porém chega um dia em que o cansaço vem e nos lembra dos nossos esquecimentos. E aí que está um ato de coragem e sábio: lembramo-nos de que precisamos nos cuidar de forma afável, pleonasticamente, de nós mesmos.

... a felicidade é sempre um sentimento inédito para mim, meu amigo. Talvez porque é um mistério ou um desejo não revelado... guardado para ser desembrulhado com serenidade... e degustado em pequenas doses.

... e naquele dia queria conversar sobre minhas histórias. Sentei na varanda... a brisa me convidou. Estava bem acompanhada com a ilusão, o sonho, o devaneio, a liberdade. Tinha histórias criadas e não reveladas. Nada aconteceu no transcorrer do meu caminho, que andei a pé na terra batida. Tinha sonhos que fui criando-os nesta realidade. E meus sonhos invadem a realidade... são coloridos... são meus. Não os furtaram. Abri o baú dos sentimentos. Sentimentos amarelam, emboloram... estavam sufocados??? Conheceram pela primeira vez o horizonte. Num ato de descuido criaram asas brancas para um céu com arco-íris. A coragem os chamou. Alçaram voos... e naquele dia não conversei... enxerguei.

... escolho ao bel-prazer a minha estação de vida. Hoje amanheci primavera. Acordei sol. Vesti calor e saí com o afeto.

... e caminhando acompanhada com minhas confabulações pela estrada de chão batido e descalça para sentir a vida. As perguntas cruzavam as avenidas dos meus pensares e as respostas estavam longe juntas, com os transeuntes daquela multidão de indagações. Cansada... um cansaço carregado na mochila... andava... não vislumbrava mais surpresas. Uma vida sem graça traçada até então. Previsível. Esperei sempre o jardineiro me ensinar a plantar flores... era o meu objetivo de vida inconcluso para uma jovem adulta de 70 anos. Andava... para encontrar um banco que me desse acolhimento ao peso das costas. Passos dados com vagar: encosto num banco de madeira. Uma rosa azul solitária sorrindo para mim com um bilhete que me dizia o que tinha: o remetente: o jardineiro... o destinatário: para você... no papel: uma rosa que cultivei no meu jardim de amor.

... no fundo ela tinha um desejo: ser bonita. Vestiu-se de si mesma.

... temos uma música. Um código. Dançamos em nossas fantasias. Juntos somos anjos que queimamos. Expulsos do paraíso. Somos corações cúmplices com corpos entrelaçados e em movimentos. Guarde este segredo, meu amor.

... que possamos gostar muito da família, amigos, de gente como a gente também, de nós, talvez em primeira instância, para sabermos e aprendermos a gostar mais do que está também na espreita da vida sentindo.

... é, meu amigo, cá estou pensando, eu te digo: a vida não te espera não. É para valer. Não fique no meio do rio. Ponha a cara e vá... caso contrário, a vida pode te levar.

... me importo com tudo porque, querido, o tudo em você me suga, me leva, me atrai... há uma fusão com o tudo que sou e com o tudo que és. Por inteiro. Nos doamos e ainda saímos vivos desta intensidade com prazer.

... e são os ecos dos meus suspiros que dizem. Não diga nada. Isto tem nome: uma sequência inconsequente de amor. Face a face. Corpo a corpo. É o nosso desmedido desejo. Mergulhe. Sinta-me. Faça.

... e o dia reverencia a noite. É um ritual que apreciamos quando o coração está aberto para sentimentos que arrepiam o coração. É desta magia ritualizada entre o dia e a noite que me nutro para que os meus desejos inconfessáveis se embalem juntos com meus sonhos.

... quais os ingredientes para o nosso amor: sem sal e sem açúcar??? *Diet* ou *light*??? Perdoe-me, querido: nasci apimentada.

... viver é ato de coragem. Viver é para poucos. Sobreviver é para muitos. Meu amigo, estou aprendendo a viver... Meu estágio ainda é embrionário, porém te digo a lição do mar: se já nadou em água salgada saberás apreciar o doce. Tente boiar olhando para o céu azul e depois me diga a beleza que viu.

... para a quentura tem água??? Não. Água é bálsamo. Aqui é fogo, meu amor. Fogaréu, efervescência... Se encostar dá choque??? É eletrizante. Saem faíscas que incendeiam este quarto com você. E no final resumimos bem nossos sentimentos em um quadrado: somos toda a geometria que o amor permite.

... cá entre nós: com vagar... pouco a pouco... sem pressa... é para não doer. Deixe-me degustar do meu jeito. Tem um jeito sim, meu querido, para sentir saudade.

... o dia escorre como a água... há de se deixar assim... *in natura*... e a noite se prepara com toda a sua elegância... esperamos a cena, meu amor.

... somente a Lua nua percebeu... entendeu... o que aconteceu entre nós enquanto as estrelas passeavam.

... tinha a carta. Tinha o amor. Tinha o amigo ao lado (o cachorro confidente sobre suas histórias de vida...). Tinha a esperança.Tinha o mensageiro a postos. Não tinha o destinatário.

... e a história, meu amigo, foi narrada melancolicamente assim: tinha muito... sabia tanto... tinha quase tudo até perder o juízo. Andou sozinho pela vida para empurrar com os pés a saudade que apertava o peito. Por quê??? Porque não aprendeu a amar.

... e o cansaço precisava descansar.

... tudo estava romanceado em mim. A casa (ou o meu interior???) aconchegante e quente. O coração sofria da síndrome do desafeto até então... Pela primeira vez, preparei o amor com adornos para o encontro que no final não aconteceu.

... talvez a sutileza possa estar na simplicidade complexa de um olhar.

... foi pela espreita de uma janela aberta que a sensualidade sorriu.

... o caminho era íngreme, mas a vontade subia passo a passo com a coragem porque o desejo era maior.

... utilizo cores ao bel-prazer na minha rotina. A noite chega mansa... escura para quem se recusa a deixar aberta a porta do coração e espiar as luzes interiores... luzes que escolhemos para o cenário agora e para quem deseja brilhar... É o espetáculo entre os enamorados: Lua e uma estrela tímida e o amor para acontecer... numa noite colorida.

... e aí, como sempre digo, é possível fazer muito com duas letras: RE.
Tente reavivar, recomeçar, relembrar, renovar, remarcar, reconstruir, rebeijar, reapaixonar, reamar... É a minha sugestão diária para dar certo, meu querido amigo. Então, RENASCERE, renascida, Renata.

... está aí o encanto escondido: simpatizo com os imprevistos encontrados. Sempre vêm acompanhados por alguém que me faz reencontrar, em mim, sentimentos esquecidos. Reinvento-me para o novo de novo... tem certos momentos que me recolho em mim mesma. Fecho portas e janelas. Deixo apenas a fresta onde aguardo o que necessito para entrar, (re)encontrar.

... estava sufocada. Aprisionada num amor sem passos. O que dizer deste sentimento bambo??? O nada passou a ser o tudo. Bastávamos e preenchíamos com o vazio o hiato entre dois enamorados. Éramos dois fragmentos. Estilhaços de sentimentos no chão... O que dizer deste sentimento??? Náufragos no alto-mar de um amor mosaico??? Libertei-me quando atrás de mim as asas desabrocharam para o voo. Voei.

... e foi isto, meu amigo. Muitos finais dolorosos para a mesma pergunta: Foram quantos começos???

... tento construir o meu sonhado cenário: desembrulho a Lua, espalho estrelas, deixo a canção do mar no volume que embala corações... Removo as pedras da areia. Deixo o afeto livre. E para tudo se realizar serenamente eu não prendo nada porque sonhos, desejos, amores... são pássaros. Solto-os para finalmente junto com a Paz encontrarem no tempo mais Paz.

... e levanto, preferencialmente, todos os dias levando na bagagem o coração grato, os cumprimentos despretensiosos, o sorriso que vem da alma, o estado de espírito que possa compartilhar na caminhada com pessoas que desejam estar, simples e especialmente, comigo. E assim espero dizer e acreditar que há um oásis de queridos humanos em minha vida. E assim posso acreditar que vale apena gracejar a vida com amor.

... mas passava dentro de mim o tudo disfarçado no nada e eu não querendo que o não impedisse. O melhor é proibido??? O melhor e o proibido estão em mim, de mim, entre mim e você... O início de um pretexto foi um laço amistoso despretensioso... a desculpa fatal e certeira para o começo de um amor pretensioso.

... tem dias em que a gente sente falta de gente. Tem dias em que precisamos ser intoxicados por amor. Tem dias em que a decepção nos decepciona. Tem dias em que suportar está insuportável. Tem dias em que as dificuldades estão mais difíceis. Tem dias em que queremos estar a sós, porque assim podemos abrir a janela das soluções para calendários que têm dias.

... e a vida é uma loucura muitas vezes sem razão e com emoção. Por amor já voei sem asas, andei firme na corda bamba, falei muito para ouvir pouco, disse tudo no momento do nada, peguei migalhas de afeto sem roubar, lavei a alma, sem a água, morri de amor sem o tiro certeiro, fui algemada pela paixão sem o uso da força, torci muito para o certo sem me torcerem, coloquei os pés no lugar das mãos, flertei com o sim sendo desviada com um não, fui rejeitada quando achei que estava sendo abraçada, apontei sem o rumo certo... e no final era o começo, meu amigo, acredite: mesmo nascendo velha tive que muitas vezes renascer para não morrer.

... cadê os segredos??? Guarde-os porque eu os quero. Guarde-os para nós... para as datas dos calendários vindouros porque somos datas festivas todos os dias. Somos multidão num lugar isolado e distante de toda gente. Lotamos e preenchemos e enchemos e viramos do avesso a solidão existencial e a transformamos em muitos um momento só. Somos uno em duo. Somos o cotidiano previsível diferente em todos os dias porque o criamos... espalhamos uma tal felicidade que inventamos na realidade desejada. Cadê os segredos??? Guarde-os porque eu, nós... quero, queremos... desejo, desejamos... e o tempo nosso??? É o sempre.

... a trilha ofertava tudo. O caminho era belo. De repente conheci o avesso... e perdi a bússola do tempo entrelaçada com um amor. Restou aquela rosa cultivada sozinha num extenso jardim. Sozinha. A brisa, num entressono, sussurou à esperança. Sozinha... num jardim, aguardando o colhedor de flores apanhar-me para entregar o buquê sem eu conhecer o destinatário.

... e na espera. Não sabia que o verbo esperar era fiel com a paciência. Dizem que sofreu decepções... E assim fiquei contemplando as batidas do relógio numa noite de luar, balançando a vida com a paciência e aguardando uma estrela emergir.

... e assim fui me descobrindo. Dentro desta serenidade que vive atormentada pela modernidade. E assim fui me construindo dentro deste viver com estranhos... precisava entendê-los... Há uma necessidade no fundo de autojustificar uma certa normalidade que rodopia o senso comum. E assim fui, pois é a minha tática: olhar, perceber, aprender e querer... e falar e escutar no silêncio. Construir com o sentimento e me entregar desnudada com a palavra. E foi assim... numa tarde de inverno.

... e o final da história foi esta: de tanto amar, de tanto amar, até não poder mais, apaixonou-se.

... tudo o que pode tocar vidas, muitas vezes, vem numa serenidade, quietude, sem preparos no avisar... talvez para o encontro marcado... com um festejo... com um brindar. Talvez para pararmos o dia e contemplarmos demonstrações de afeto. Na verdade corações são vastos e intensos e calorosos. Na verdade o amor nos engrandece. E tudo isso pode vir com cortejo no simples avisar de um encontro marcado com festejo.

... e foi lá na velha cozinha que saiu do forno um novo amor. Foi lá... com ingredientes especiais que tudo aconteceu numa quentura... num fogaréu. Foi lá.

... a janela estava aberta. O vendaval do amor entrou... a desordem aconteceu. Tudo foi remexido... mexido... sem sentido... desmedido. Culpemos o vento forte entre nós então, meu amor.

... e guardo com cheiro. E sinto com gosto. E sonho sem o tato. E saiu do mundo por uns instantes para o meu instante. E deixo rolar. E solto. E liberto. E permito. Depois guardo. E vira lembrança. E faço dela meu lugar seguro.

... e obrigo o equilíbrio a se desequilibrar porque o sentimento transborda em mim... dançando... é dançando que sou tocada por esta ebulição de sentimentos. Uma tal de catarse me envolve. Um outro corpo encosta, enrosca... e rola em mim.

... comecei a me simpatizar pelas segundas-feiras, mesmo sabendo que podem ser mais difíceis porque são sempre tentativas de começos de vidas novas. Resolvi fabricar aos domingos à noite um *réveillon* modesto, pois se meias-noites de domingos não são começos de anos-novos... são começos de semanas novas, o que significa, para mim, fazer planos e fabricar sonhos.

... tentei negar. Negar o que me pegou. Tentei negar, lutar e relutar. Difícil se entregar à pegada certa, ao estado de desejo ardente, às vontades encaixadas... mas em estado de rendição, meu querido, é melhor apertar, talvez devorar o nosso amor.

... e quem disse que a noite é serena o suficiente para os meus barulhos internos???

... pendurei o que estava pequeno dentro de mim no varal... O que eu faço com a saudade??? Tem dias em que eu a enfeito. Tem dias em que a coloco em porta-retratos. Tem dias em que ela se torna minha companhia. Tem dias em que eu ligo a vitrola para a nossa canção. Tem dias em que choro. Tem dias em que me resguardo. Tem dias em que eu a escancaro. Depende muito, meu amigo... hoje??? Resolvi passear com ela.

... inspiro e respiro com os meus próprios sentidos e instintos. Quero ser degustada por você onde a Lua uiva e os lobos silenciam. É o nosso encontro: derramamos amor, amamos, transbordamos... é a nossa sina.

... adorávamos bares, mares, estradas, caminhos. Adorávamos nos adorar... Adorávamos nos olhar... Adorávamos comemorar... Adorávamos o nosso amor como se fosse todos os dias o Dia de Enamorar... enamorávamos. Adorávamos o que ofertava uma ilusão de infinito. E assim éramos um feixe deste sentimento que conjugávamos entre nós... com nós... porque nos adorávamos.

... perca os óculos, os sapatos, a estratégia num papel... perca o passado, o relógio, o pudor, o sono e vamos corromper o nosso amor. E se decidir assim... desamarre as amarras comigo e se prepare, porque o meu mapa é um labirinto que atrai os nossos instintos mais quentes. Sou construída por aquilo que não vivenciei ainda... E a sinalização é: siga-me com a alma.

... fui forçada. Cresci assim: remando no clichê "contra a maré". Crescer custa muito... é caro demais e não aceita dinheiro, meu amigo. Machuca, esfola, dói, demora, mas no final recompensa talvez compensa. Confesso para você: é uma vitória secreta, guardei no meu baú interno as cicatrizes, as feridas... não tive testemunhas, não registrei no Cartório este fato. Meu amigo, não encontrei desafiadores na caminhada, acredita??? O adversário era eu mesma... mas valeu: cresci.

... já tentaram medir-me. Tentaram medir meus sonhos, meus amores, meus sentimentos... Esqueceram que sou elástica. Tenho elasticidade no sentir. Não caibo em mim. Esparramo e derramo sempre um pouco todos os dias, querido... É assim: de mim em você sem medidas no amor.

... as palavras me salvam. Chega um momento em que a noite não tem mais legitimidade para silenciar o meu barulho interno. Opto pela folha e um lápis que me trazem possibilidades. Faço e refaço o meu mundo com palavras.

... estou onde estão as minhas ilusões, paixões, amores... os meus valores. Onde estou??? Estou onde estão estes pedaços exatos que se encaixam e me completam e me fazem feliz.

... a minha aposta é: acredito que tudo seja possível. Não importa a idade, meu amigo. Importa sim é a certeza com a possibilidade acompanhada da escolha e sorte. No fundo tudo é você, essencialmente, você e esses ingredientes para o dia a dia. E é nesta audácia entre mim e a vida que vou apostando.

... e dentro de mim reside intensidade. Sinto muito o demais. Sofro da síndrome do sentir. Tenho dores crônicas diárias de alegria, tristeza, amor, desamor, solidão, ilusão, decepção... Na verdade sinto em demasia sentir a vida.

... a palavra estava nua... despida. A ansiedade tremia... no fundo, queria esquivar-me da vontade. Tudo aconteceu com olhares. Sentada estava... deixei acontecer somente com olhares depois de me acomodar naquele canto da cama.

... foi a última frase do cardiologista na consulta, meu amigo: O ecocardiograma do seu coração acusou muito amor. O sentimento está com arritmia... taquicardia na paixão, então sem prescrição.

... tem dias em que a alma clama um horizonte interno livre de tudo. Tem dias em que o grito interior é direcionado para a liberdade.

... a foto não esta nítida??? Faltou foco??? Por quê??? Porque, meu querido, tem imagens que transbordam amor. Escorrem sentimentos que só ficam nítidos na memória do coração.

... saia do entressono. Acorde. Enxergue... Os nossos encantos estão escondidos... espalhados... esparramados por toda a parte neste quarto. Preste atenção no dito, meu querido: são encantos pequeninos, abundantes e constantes.

... e tudo mudou. O namoro é virtual. A declaração é no mural da Rede Social. A cantada é no torpedo sem medo. A descartada afetiva é no *e-mail*. Tudo mudou, mas eu não mudei. Tecnologicamente: sou humana ainda.

... e que possamos desintoxicar das pessoas que nos afundam, das situações que nos sufocam, das palavras ardidas. E que as mentiras não sejam verdades... que possamos ser mais... mais humanos. Que apesar dos apesares que nos cutucam... não percamos sentimentos nobres. Vai ter amor, vai ter paz porque tem fé. E para que no final seja sempre um começo que possamos reinventar o cotidiano.

... purifiquei o pecado para nós. Entre o céu e o inferno prefiro o aqui onde está o nosso barulhento silêncio das nossas bocas... dos nossos corpos... da nossa imaginação.

... quem disse que não é possível um contentamento assim??? Somos um casalzinho, insuportavelmente, feliz: eu amo a vida e a vida me ama. Simples assim, meu amigo.

... o desejo é de uma noite onde a Lua seja fisgada por corações que sabem o que é enamorar no silêncio da contemplação.

... chega um dia doce. Precisamos muitas vezes de doce nos sentimentos... doce conosco... doce onde podemos nos deliciar sem medo de engordar: nos valores. E se engordarmos, assim seja, que as calorias sejam de afeto.

... neste meu jeito ilógico de amar a lógica estava numa senha... em algarismos... em dígitos... bastava me tocar com quatro dedilhados: amor. Era isto... o toque que não aconteceu em uma noite. Vou levando, superando este hiato... esta emergência de sentimento. É assim... a vida afetiva é um mosaico. O meu??? Esperando um amor que saiba amar.

... seu prazer mais simplista: ser uma mulher desejada num complexo amor.

... e deram as mãos para a sensibilidade com delicadeza. Amávamos com turbulência e constância. Sonhávamos também, pois o sonho permite eternizar o desejo... no sonho existíamos sem a ausência deste fogaréu... desta chama que apagava qualquer hiato entre mim e você e a distância. Cumpríamos serenamente a nossa verdade: um amor modesto para corpos arrogantes. Ousávamos sem muitas explicações. Era a ordem desta chama de amor. Ousávamos sem modéstia.

... acordo assim: com a leveza do vento levando-me... com a chuva lavando-me... e a alma liberta para o amor. Acordo assim.

... e a despedida foi sem adornos. Longe do que um coração apaixonado e inocente precisa... longe daqueles corações que acreditam em voltas sem pensar que amar não tem idas... amar fica. No espelho escreveu: adeus.

... aos poucos fui substituindo tudo. Esta vontade que arde foi escorrendo na ousadia. Aos poucos fui substituindo expressões pudicas por fatais. Este desejo de transgredir foi me consumindo. Aos poucos fui sonhando... e no meu sonho sou protagonista. Aos poucos tudo foi acontecendo num sonho.

... e para dormir sinto um perfume campestre. Aqui tudo é pequeno frente ao desejo do coração. Aqui o jardim se torna uma rosa cheirosa... aqui o mar se torna uma gota... aqui somos nós em um nó a sós. É aqui.

... foi devorada pelas palavras que escorriam de um beijo avassalador.

... fiz tudo como a cartomante me disse. Tudo. Precisava da sorte ao meu lado. Mansa. Doce. Suavemente em ondas me acariciando... dedilhando na alma. Acreditei numa cartomante que disse um dia que o amor é de verdade. O futuro estava lido e dito nas cartas embaralhadas de amor.

... mas são estas coisinhas simples que nos fazem mais harmoniosos talvez conosco em primeira instância. Mas são estas coisinhas simples que nos tocam. E sendo tocados possamos ser simplistas com a tal complexidade da vida. Mas são destas coisinhas simples que precisamos para tecer a vida com mais afeto. Mas são estas coisinhas simples que muitas vezes não enxergamos. São estas coisinhas simples que nos fazem mais elaborados, talvez mais humanos.

... sensualidade atrevida (no fundo era o que queríamos). Não perdíamos as frações do minuto de nosso despojamento entre enroscos de dois corpos. Corpos despojados para goles de romantismo. Que atrevimento num segundo que valia por uma hora eterna de sentimentos. Cada instante é sempre... Pagávamos uma promessa de um sonho atrevido... e culpávamos as estrelas daquela noite. Acomodamos os olhares e apagamos a luz. Era só isso o que queríamos: a escuridão da noite estrelada para o nosso pecado.

... eram os passos que ofertavam as pegadas dos sabores... atrevi-me... provei o pecado de saborear uma doce ilusão passo a passo.

... do que sou feita??? Não sou construída. Sou elaborada... sou tecida... costurada e muitas vezes remendada na pele... de cima a baixo de amor.

... e a felicidade chorou alegria.

... a carência está ligada com o desejo de ser uma mulher fatal. Certeira. Sem pudores na minha ingenuidade. Assim que gosto desta brincadeira de poder e não poder podendo... deste enrosco no pescoço. Deste desnudamento de sentimentos rasgados... é disso. A carência traz um sabor no amor... Ser carente é isto: ser fatal com o amor.

... e quem caminha nua na vida com o que sente paga uma fatura alta e cara. Eu pago sempre porque escorrem, transbordam em mim sentimentos. É por isto que preciso do alívio... da evasão... da explosão.

... embriaguei-me de amor. Cambaleei de tantos goles. Abusei na dosagem. Disseram um dia para mim que o excesso é contraindicado... Sou feita de excessos, meu querido.

... a pergunta acertou o meu alvo: Qual é o futuro das minhas ilusões???

... não me venha com metade, quase, o tal opostos, incompletude. Eu me entrego para as inteirezas de um amor. O inteiro, o completo, o cheio, semelhantes, o não oposto... me atraem, me envolvem porque conversamos no mesmo volume, altura e linguagem.

Se vier, querido, não me venha pelo rio do meio.

... e a cada dia que levanto curvo-me frente a Deus. Agradeço-o. Renovo meu contrato de vida.

... tenho as minhas teimosias sim. Teimo com um genuíno amor beijando a esperança.

... gosto de andar descalça. Encontrei a forma de deixar os pés livres para crescerem enquanto caminham. Assim meus passos tornam-se mais firmes e precisos. É como deixar o coração totalmente livre, enquanto vive para viver mais.

... desculpe-me, mas a escolha é minha: à noite e com audácias.

... pedi empréstimos à felicidade: mais esperança... mais vida. Vou pagando em suaves prestações com amor.

... quem disse que eu quero rima entre mim e você??? Eu quero o que é nosso, fazendo sentindo entre nós.

... não explique nada. Quando o tudo está presente a imaginação já diz.

... e assim suavemente veio a carícia da pergunta: Que tamanho é o seu sonho na realidade???

... sempre andei nas pontas dos pés... um jeito delicado de pisar na vida.

... a paz era demais para a minha decepção. O amor era demais para quem procura um coração. É, meu querido, o vazio interno é cheio. Procuro... Procuro... e não encontro. Será que ficou no passado??? Não é fácil viver com muita paz onde a turbulência está presente. Me incomoda... Um dia eu encontro o que preciso... este amor menos valente e mais tênue. Ainda a desistência não veio à minha porta.

... não algemo sonhos, desejos, vontades. Nada. Deixo o fluir dentro de mim fluindo... e assim vou... caminho... sou o caminhante dos desejos num estar por vir... gosto disto: um mistério a dois. Mistérios são melhores desvendados... revelados a dois... sós... num silêncio. Silêncio para sentir... sentindo vou... caminho... e caminhando vou chegando ao que o acaso procurava e não encontrava: alma livre para sentir desejos. Meus desejos estão guardados num baú... é o que tenho de mais precioso... precioso tenho um coração na mão e desejos para sentir... não a sós.

... às vezes somos sentenciados e condenados por desistir de algo... de alguém. Saiba, meu amigo, ainda que não pareça, quando optei pela querida desistência foi meu grande gesto de coragem. Ganhei a vitória.

... preste atenção na revisão da vida, meu querido. Existem momentos em que faço este balanço de vida num balançar da cadeira desta varanda. Refaço planos, amores... Ressonho sonhos. Me refaço.

... muitas vezes as palavras que eu conheço me atrapalham. Já estão velhas... antigas para os meus sentimentos novos. Quanto mais penso mais sinto... e sentir dispensa palavras.

... e chega um momento na vida em que a nudez dos olhos me excita mais que a dos corpos. Chega um momento em que as entrelinhas da vida são mais atrativas do que a leitura lúcida. Chega um momento da vida em que os sonhos são mais elaborados e complexos que a realidade. Chega um momento em que o avesso é o meu lado direito.

... eu uso a pontuação ao meu bel-prazer. Minha escrita respira assim: sem regras, sem pontos. Tenho logotipo, patente e a minha marca é a liberdade de ser eu mesma na minha escrita.

... finda-se mais um dia. Findo os dias com um denominador: espero que quem lê-lo o sorriso esteja a postos. O amanhã abre-se com uma nova página para escrevermos uma nova história ou para continuarmos a história ou para buscarmos uma história... Há sim um leque de opções na vida ofertando possibilidades... e que as nossas escolhas sejam bem pensadas... que saibamos não deixar no canto da vida ou de lado isto: a possibilidade de sermos mais... mais humanos.

... mesmo que seja uma ilusão: eu creio. Há de se crer, querido amigo, em especial, nos seres humanos. Há de exercer o verbo crer... mesmo enquanto você e eu estivermos crendo somente em alguns.

... meus desejos não são mirabolantes. Tenho receio do advérbio de intensidade muito e dos superlativos. Gosto da simplicidade, do básico, pois assim posso trabalhar com os desejos densos e duradores através dos dias que se escorrem no calendário. Perpetuam-se... e posso ser verdadeiramente plantonista destes valores que são apregoados, em demasia, em algumas datas no calendário. O que gosto mesmo é de desejar desejos que se realizem num equilíbrio no volume, intensidade, quantidade, forma... que no fundo sabemos e possamos divulgá-los. Ah... gosto de saber que meus agradecimentos sejam sempre maiores que os pedidos... E assim caminho com esses desejos... crendo que qualquer dia aconteceram, preferencialmente, ao acaso.

... procuro não ser cruel comigo. Sou apegada pelo que vale a pena e desapegada pelo que não quer valer... Para me entender, suponho que não seja o uso da inteligência e sim o sentir... sentir-me... entrar em contato comigo... sentindo-me para eu ser tocada. Não tenho definições porque não tenho limites... Sou isto: sentimento.

... a minha serenidade é ardente.

... quem disse que os sonhos não podem ser acordados com a leveza de um toque na alma???

... e a despedida da minha relação afetiva naufragou, meu amigo. Foi o avesso do que queria: torceu para a minha felicidade, desejou o melhor para mim, ofertou aqueles conselhos sobre elogios à minha educação, beleza... mas desde que fosse com o outro.

... amigo, está difícil convencer-me sobre a serenidade que possa existir no partir sem saudade. Tudo que viaja, na minha vida sem volta, lateja em mim... Amigo está difícil... é na fé que me sustento e alimento o vazio que ficou e durou.

... é, querido, meu coração está batendo em uma estação onde o trem do sonho disse: adeus, meu bem.

... tudo foge desta vida numa fração do segundo??? Não. Parte, meu amigo. Não tente aprisionar nada... parece-me que é a essência natural do ir que fica em nós com esta sensação no coração... Aprendi: desapegue, liberte-se... e deguste as paisagens sentimentais que cada dia lhe oferta gratuitamente. Aprenda também a saborear aquilo que está sem tempero... Use seus ingredientes internos para apreciar a gastronomia vasta que a vida nos proporciona, muitas vezes, sem escolhas.

... quem de nós dois vai rasgar as cartas de juras de amor??? Quem de nós dois vai dizer: será melhor assim, meu bem??? Quem???

... e cada retorno seu é um doce amargo no meu coração, meu querido. E a cada volta que você dá é para não ficar: a volta não é para amar. Simplesmente é uma ilusão, em mim, nutrida de um falso regressar.

... quantas vezes perdi meu olhar vivendo na esperança???

... se o caminho é através do fogo: sem limites, meu querido. É fogo montanha acima. É o risco que corremos quando é para arder o coração.

... existem momentos em mim, que tudo dói. É quando sou tocada por mãos ásperas e palavras ácidas... há uma contratura muscular aguda interna chamada indiferença, talvez desprezo também. E do agudo passo para a dor crônica quando a vida não oferta de forma certeira o remédio da generosidade ou piedade.

... definição de felicidade??? Ser leve para mim mesma... Ser livre para alçar meu voo neste horizonte chamado vida.

... qual meu estado abençoado??? Ser livre, meu amor.

... tem dias em que precisamos resistir, meu amigo. Resistir um pouco mais porque estamos também mais sensíveis... retrocedemos e mexemos e remexemos nosso olhar para procurar em algum lugar o que não está mais aqui... Tem dias em que a coragem está num cochilo frente a dias de um calendário que não perdoa: lembra de DIAS sem necessidade. Resista mais um pouco, meu amigo, para os demais DIAS...

Tem dias em que há sim de resistir num momento em que vem uma angústia caminhando na nossa direção... ou uma felicidade abrupta trazida de montão... Resista. Não deixe algum sentimento entrar na UTI, meu amigo. Saia... caminhe... com uma ilusão ou recordação... Resista, meu amigo, mais um momento de um outro calendário mesmo que esteja rodeado de porta-retratos. Resista. Tem dias em que estamos fortes como águias... e o Sol sorri. Tem dias em que estamos pássaros, porém com uma asa quebrada, buscando uma acolhida porque tem dias em que o calendário lembra de outros dias num DIA... Resista. Lembre-se, amigo: o último olhar do final da tarde, através de uma janela, acena para um outro dia... para que possamos na fé, na crença, compreender que o que fica no final está guardado no coração com emoção... e nos possibilita fortificarmos para os outros dias... com mais serenidade, mais compreensão frente a qualquer situação sobre o que um calendário faz: lembrar do que não precisamos... pois dias se sucedem com aquilo que temos no coração. Resista, amigo, mais um dia em Dias com a fé, emoção e o troféu da coragem para a caminhada da lembrança guardada.

... espreguiçar os sentimentos. Arrumá-los quando eles estão misturados porque confusão interna pode dar ressaca. Simpatizar mais com os obstáculos, em especial, os emocionais... ajuda-nos a superá-los... Vestir-se com uma roupa adornada de simplicidade... ajuda mais a se aproximar de gente como a gente... e tentar viver de forma íntegra e sincera... em primeira instância com nós mesmos... talvez possamos assim trilhar melhor o nosso caminho acompanhados com o sorriso disposto e cordial para a vida.

... ressuscita-me, amigo. Pode ser pela fresta desta janela sim. Ressuscita-me para o coração não ficar mais cansado e quebrado pelas misérias do ser humano. Ressuscita-me para enxergar que existe a possibilidade de porta-retratos sorrirem. Ressuscita-me, amigo, mesmo não sendo uma escritora sonhadora poetizando a própria vida. Ressuscita-me para lutar contra os meus amores fracassados. Ressuscita-me para a legitimidade do que me cabe: Viver a minha vida, sem noção, do tempo que ainda tenho. Ressuscita-me, amigo, por esta fresta da janela é assim: renascerei... renascere... Renata.

MADRAS® Editora — CADASTRO/MALA DIRETA

Envie este cadastro preenchido e passará a receber informações dos nossos lançamentos, nas áreas que determinar.

Nome _____
RG _____ CPF _____
Endereço Residencial _____
Bairro _____ Cidade _____ Estado _____
CEP _____ Fone _____
E-mail _____
Sexo ❑ Fem. ❑ Masc.   Nascimento _____
Profissão _____ Escolaridade (Nível/Curso) _____

Você compra livros:
❑ livrarias   ❑ feiras   ❑ telefone   ❑ Sedex livro (reembolso postal mais rápido)
❑ outros: _____

Quais os tipos de literatura que você lê:
❑ Jurídicos   ❑ Pedagogia   ❑ Business   ❑ Romances/espíritas
❑ Esoterismo   ❑ Psicologia   ❑ Saúde   ❑ Espíritas/doutrinas
❑ Bruxaria   ❑ Autoajuda   ❑ Maçonaria   ❑ Outros:

Qual a sua opinião a respeito desta obra? _____
_____

Indique amigos que gostariam de receber MALA DIRETA:
Nome _____
Endereço Residencial _____
Bairro _____ Cidade _____ CEP _____

Nome do livro adquirido: ***Trechos Tecidos com Palavras...***

Para receber catálogos, lista de preços e outras informações, escreva para:

MADRAS EDITORA LTDA.
Rua Paulo Gonçalves, 88 – Santana – 02403-020 – São Paulo/SP
Caixa Postal 12183 – CEP 02013-970 – SP
Tel.: (11) 2281-5555 – Fax.:(11) 2959-3090
www.madras.com.br

Este livro foi composto em Times New Roman, corpo 12/14,4.
Papel Offset 75g
Impressão e Acabamento
Yangraf. Gráfica e Editora – Rua Três Martelos, 220 – Tatuapé – São Paulo/S
CEP 03406-110 – Tel.: (011) 2195-7722 – www.yangraf.com.br